야매소설 작법서

알면 알수록 실전에서 유용한

양단우 지음

디디북스

목차

소설이라는 고통의 치유법은
오직 소설뿐이다.
그리고 마지막으로 한번만 더,
당신의 가슴속에 있는 것을 써라.

/

조이스 캐롤 오츠, 〈작가의 신념〉 중

프롤로그

소설을 쓰고 싶었습니다.

처음에는 독자가 있다면 아무 글이나 써도 상관없다고 생각했지만, 결국 써야 할 글은 소설이었습니다.

비전공자였고, 전문교육을 받기에는 경제적으로 부족했습니다. 작법서들은 이해하기 어려웠고 번역서는 더더욱 그러했습니다. 어쩔 수 없이 밑바닥부터 직접 부딪치며 배워 나갔습니다. 차근차근 몸으로 익힌 야매 기술이 익숙해질 때쯤, 비로소 첫 독자가 생겼습니다.

소설을 쓰고 싶습니다.

가끔 사람들이 이런 고민을 토로합니다. 그러나 원고를 쓰는 실제적인 작업으로 이어지는 경우는 적었습니다. 어쩌면 제가 겪고 있을, 그 방황을 그들 역시 경험하고 있지는 않은지 걱정되었습니다.

소설을 쓰겠습니다.

이 책의 마지막 장을 덮을 때쯤 이런 목소리가 여러분의 마음에서 크게 울리길 바랍니다. 야매로 터득한 소설을 쓰는 방법들이 부디 독자님들이 소설을 쓸 수 있는 작은 힘이 되길 원합니다.

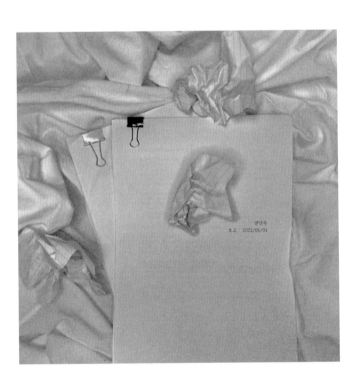

참단우
초고 : 2022/06/01

1부

**남몰래 소설가가 되는
준비 작업**

당신은 왜 소설을 써야 할까?

나는 소설을 좋아하지 않던 사람이었다. 소설 같은 건 지루하고 활자가 많아서 부담스럽게 느끼던 사람이었다. 수능을 볼 때도 소설이 뭘 말하고 있는지 파악하기가 어려워 일부러 문제를 틀렸을 정도였다. 그보다는 글자 수가 훨씬 짧은 시나 에세이를 즐겨 읽었다. 그러다 소설에 빠지게 된 건 우연한 계기였다.

[○○공모전에 참여해 보세요.]

라는 문자 한 통을 받은 것이 출발점이었다. 모 공모전이 진행 중인데 에세이, 소설 분야에서 공모받는다는 것이었다. 머리를 굴려보니 공모전 특성상 에세이 분야에 사람들이 몰릴 확률이 높았다. 그렇다면 남아있는 소설 분야를 도전해야 하는데, 평소에도 즐겨 읽지 않던 소설을 무슨 수로 쓸 수 있단 말인가. 나는 낙담하고 공모전을 포기하려 했다.

그러다 어느 날, 배가 너무나도 아파 견딜 수 없던 나는 응급실로 실려 가게 되었다. 그러고 난 뒤, 급성충수염 즉 맹장염에 걸렸다는 소식을 듣게 되었다. 수술을 받고 병실에 누우니 아무것도 할 수 있는 것이 없었다. 절대 안정을 취하라고 권고받았는데, 주는 대로 밥을 먹고 가만히 있으려니 좀이 쑤셔서 살 수가 없었다. 삼 일쯤 지나니 보고 싶은 드라마나 영화도 다 봤고, 더 이상 할 것이 없었다. 나는 정신적으로 무인도에 갇혀 고립된 것만 같았다. 무기력해지고 우울해서 이곳을 빨리 탈출하고 싶었다.

그러자 머릿속에서 생각난 것이 있었다. 지난번에 포기하자고 생각했던 그 공모전 말이다. 지금처럼 물리적으로 막혀 있는 시기에 창작에만 몰입할 수 있다면, 그것이 소설이라 할지라도 성패를 걸어볼 만하지 않을까? 하지만 뭐부터 시작해야 할지 막막했다. 해당 공모전의 주제는 '책방'이었는데 책방에 관한 판타지를 소설로 고스란히 녹여내기엔 내 한계가 분명했다. 그래서 약간의 소스를 가미한 소설을 써보았다. 에세이와 같은.

퇴원을 하게 된 후, 그 소설을 다시 꺼내어 읽으니, 얼굴이 붉어질 수밖에 없었다. 그도 그럴 것이 소설을 읽지도, 쓰지도 않았던 사람이 쓰는 글이 거칠어 보이는 게 당연할 따름이었다. 나는 바로 삭제 버튼을 눌렀고 소설을 쓸 생각을 접었다. 그렇지만 자꾸만 그 공모전이 떠올랐다. 자다가도 생각나고 밥을 먹으면서도 생각났다. 그제야 나는 이 공모전에 나가는 것이 운명인가보다, 싶었다. 그래서 삭제한 소설을 다시 끄집어내어 조금씩 다듬어 보고, 짜깁기해 보고, 수정 작업을 해 나갔다.

결과적으로 그 선택이 옳았다. 나는 운명과도 같은 그 공모전에서 당선하게 되었고 소설가로서의 발걸음을 처음 딛게 되었다. 그 날부터 지금까지 나는 소설을 쓰는 사람이 되었다. 다시 말하자면 아무것도 할 수 없던, 무기력한 병실에서의 선택이 나를 쓰는 사람으로 이끌어 주었다. 여러분도 고민해 보자. 나는 왜 소설을 써야할까, 라는 질문 이전에 만약 내가 아무것도 할 수 없는 물리적 상황에 놓이게 된다면 정말로 소설을 쓰고 싶을까? 왜 소설을 쓰고 싶을까? 스스로에게 질문하고 답해보자.

POINT

자신에게 여러 가지 질문들을 던져보고 답해보자.

· 물리적으로 제한된 상황에 놓이게 된다면 가장 하고 싶은 일은 무엇일까?

· 위와 같이 제한된 상황에서 글을 쓸 자유가 주어진다면 어떤 글을 쓰고 싶을까?

· 소설을 쓰고 싶은 가장 근본적인 이유는 무엇일까?

· 소설을 쓰게 되면 나는 어떤 사람이 될 수 있을까?

소설만이 줄 수 있는 특별함

나는 평범한 회사원이었다. 회사에 다니면서 일기장으로 다 표현하지 못한, 숨겨진 내 모습을 어떻게 효과적으로 드러낼 수 있을지 늘 고민하곤 했다. 여러 가지 고민을 끌어안고서, 모두가 퇴근한 사무실에 홀로 남아 소설을 읽었다. 그리고 나만 볼 수 있도록 폴더에 암호를 걸고 조금씩 소설을 써나갔다. 그때 쓴 작품을 조금씩 다듬어 웹소설 사이트에 연재하는 시도도 해보았다. 누가 내 작품을 읽고 비웃기라도 할까 봐 조마조마하면서도 혼자만의 창작 세계를 만들어 나가는 재미가 꽤 짜릿했다. 소설을 쓸 때만큼은 만원 버스에 매달려 출퇴근을 하거나 보고서와 서류 더미에서 허덕이는 내가 아니었다. 나는 소설을 창조하는 새로운 사람으로 거듭난 것만 같았다. 소설에서는 현실 속의 내가 경험할 수 없을 만한 것들이 주인공을 통해 펼쳐진다. 우리가 잘 아는 작가들부터 외국의 작가들까지 다양한 작품을 읽노라면 소설의 세계가 점점 진기하기만 하다. 이토록 많은 작품 앞에서 내가 사는 세계가 얼마나 협소해 보이는지 모른다.

소설에서는 주인공(을 빙자한 내가)이 공주님, 왕자님, 황후, 공녀, 사이코패스 살인범을 추격하는 탐정, 미지의 행성을 발견하는 AI, 멸망한 세상에서 유일하게 살아남은 사람 등 여러 가지 모습으로 살아간다. 그리하여 독자들의 마음에 감동을 부여하는, 매력적인 캐릭터가 된다. 현실에서의 나는 만원 버스에 겨우 올라타 땀냄새와 씨름하고, 온종일 업무에 시달리다가, 녹초가 된 채 퇴근하여 스르르 녹아내린다. 조금은 현실을 벗어나, 매력적인 삶을 살아

볼 힘. 소설 속에는 그 힘이 모조리 담겨 있다.

그러니 소설을 쓰기 전에 내 안에 강력한 동기 하나를 심어 두자. 이 마음이 소설의 첫 문장을 시작할 힘과 마지막 문장을 닫을 힘이 되어 준다.

"실험적 자아를 내세워 실존의 중요한 주제를 끝까지 탐사하는 위대한 산문의 형식이다."

— 밀란 쿤데라

그의 말과 같이 소설은 언어를 매개로 하여 독자의 실존(독자가 존재하는 것), 내재된 욕망(은밀하게 감추어 둔 욕망), 지향하는 소망(소설을 읽으며 미처 발견하지 못했던 이상향) 등을 끊임없이 탐구하는 산문이다. 그래서 소설을 읽으면 읽을수록 자아를 발견할 수 있고 나와 세상을 더욱 사랑할 수 있는 길이 펼쳐진다. 소설의 간략한 정의를 확인한다면 인터넷이나 여러 도서를 통해서도 충분히 알 수 있을 것이다. 소설을 이루고 있는 이야기 구조는 언어표현의 구성을 통해 진실에 접촉해 나가는 과정이라고 볼 수 있다. 쉽게 말하자면 언어를 활용하여 글을 이루고, 글이 하나의 구조를 이루면서 소설의 뼈대를 형성하면서 소설이 주고자 하는 진실된 메시지를 읽어나갈 수 있다는 말이다. 그 때문에 이야기 구조는 완결을 가진 하나의 흐름이 소설의 세계로 이끌어나가는 하나의 체계이다.

· 만약에 내가 소설 속 주인공이라면 어떤 모습일까?

· 내가 가장 닮고 싶은 소설 속 등장인물은 누구일까?

· 현실을 벗어나 새로운 캐릭터가 될 수 있다면 어떤 모습으로 살아갈 수 있을까?

· 내가 전업 소설가가 되어 소설을 쓴다면 어떤 모습일까?

당신의 기억력을 파헤쳐보자.

소설 쓰기 클래스를 진행할 때면 꼭 하는 것이 있다. 그것은 바로 자기소개이다. 자기소개가 무슨 특별할 게 있나, 하고 생각할 수 있지만 클래스에 참석해 본 사람들은 당황할 수 있다. 자기소개가 '자기'를 소개하는 것이 아니라, 다른 사람을 소개하는 것이기 때문이다. 내가 본 다른 사람의 이미지를 설명함으로써 그 사람의 성격뿐만 아니라 취향까지도 추리할 수 있다. 한편으로는 둘씩 짝을 지어 서로를 소개하기도 한다. 그런 후에 각자 인상에 남은 것을 다른 모임원들에게 소개를 해준다. 그러다 보면 기억력에 약간의 에러가 발생하는 것을 느낄 수 있다. 자신이 기억하는 것과 실제 정보는 분명한 차이가 있다. 게다가 이 사람의 정보 중 일부만 기억할 수도 있고, 나에게 선명하게 기억 남는 정보만 기억할 수도 있다. 이쯤 되면 우리는 알 수 있다. 정보는 이미지로서 뇌에 각인된다는 것을.

사람의 뇌는 이미지로 정보를 입력한다. 뇌 속에는 '스키마'라는 장치가 있어 외부의 정보를 조직화하고 인식하는 역할을 한다. 이때, 지각적 심상과 추상적 지식, 정서적 특성 등을 강렬한 이미지로 입력하게 되는데, 이 스키마 때문에 정보가 불완전한 것이다. 이런 스키마 때문에라도 우리는 정보를 시각적으로 읽고 그에 대해 반응할 수밖에 없다.[1]

그렇다면 우리의 소설 쓰기와는 어떤 관계가 있을까? 다시 자기소개의 시간으로 돌아가 보면 답이 나온다. 사람의 말은 흘러가 버

---

1   두산백과 두피디아 : 스키마 https://terms.naver.com/entry.naver?docId=3407423&cid=40942&categoryId=31531

리기 마련이지만 강렬한 이미지로 각인되는 이미지는 마음에 남는다는 것이다. 말과 글은 하나의 정보(information)이지만, 이미지로 뭉쳐진 스토리는 한 덩어리의 정서이다. 우리는 우리 마음에 소설을 쓸 거리가 장면 장면으로 이어져 있는 것을 확인할 수 있다. 그러니까 우리 가슴 속에 있는 것을 쓰라는 말은 매우 과학적이고 합리적인 말임이 틀림없다.

다음 빈칸에 떠오르는 심상(이미지)를 적어보자. 당신 주변을 관찰해 보고 어떤 것들이 보이는지 시각적인 심상을 기준으로 적어보자. 최근 일주일을 기준으로 적는다.

학교

직장

아침

점심

저녁

주중

주말

가족

친구

우리집의 모습

내 반려동물의 귀여운 면

나의 과거

나의 현재

나의 미래

나도 소설을 쓸 수 있을까?

"원래 글을 잘 못 써요. 나도 소설을 쓸 수 있을까요?"

소설 쓰기 클래스를 하다 보면 이런 질문을 자주 받는다.

글쓰기는 능숙도의 차이가 있을 뿐이지, 결코 덜하거나 더하는 법은 없다. 소설을 쓰는 방법은 손에 꼽을 수 없을 만큼이나 무한하고, 세상이 변하는 것처럼 계속 변화한다. 즉, 작법을 파고든 다음에 소설을 쓰려고 한다면 결국엔 아무것도 쓸 수 없다는 것이다. 그렇지만 분명히 감각 있는 글에는 이유가 있다. 이런 글들을 읽어 보면 확실히 내 글과는 어떤 차이가 존재한다는 것을 깨닫게 된다. 소설의 스토리텔링이 잘 이루어지지 않는다면 다음의 요소들을 고려해 봐야 한다.

· 무엇을 써야 할지 아직 소재가 분명히 정해지지 않고 보류 상태이다.

· 스토리라인의 구성이 미흡하거나 명확하게 결정되지 않았다.

· 캐릭터에 관한 정보가 많지 않아 짜임새 있는 구성을 만들지 못했다.

· 마지막 장면을 떠올리기 어렵다.

· 소설을 창작할 시간이 부족하거나 환경 요건이 부족하다.

· 주제에 집중하지 못하고 엉뚱한 길로 자꾸 빠지는 스토리를 만든다.

나는 소설을 얼마나 쓸 수 있을까? 처음부터 대하소설이나 장편 소설을 쓰라고 하면, 누구나 다 막막하기 마련이다. 공모전을 목표로 하거나 출판사와의 기획 출간을 계약하고서 부단히 준비하는 것이 아니라면, 누구라도 긴 분량의 소설을 쓰기는 쉽지 않다. 아예 소설을 처음 쓰는데, 분량이라는 거대한 산이 소설가로의 출발선을 가로막는 기분이 들 수 있다. 당장에는 A4용지 1장을 채우기도 어려운데 열 장, 스무 장, 백 장을 채우려 한다면……. 당연히 숨이 턱턱 막힐 수밖에 없을 것이다.

　결론부터 말하자면, 여러분은 소설을 쓸 수 있다. 웹소설 사이트만 가 보더라도 나이 제한 없이 작가로 활동하는 것을 볼 수 있다. 완성도가 어떻든 간에 원고만 있으면 자비 출판을 통해 소설 한 권을 출간할 수도 있다. 바야흐로 지금은 만인 작가 시대다. 소설을 쓰고, 못 쓰고의 문제가 아니라는 소리다. 다만 스킬의 문제이다.

　한편 누구나 작가로 데뷔할 수 있으므로, 작품의 퀄리티를 높이기 위해 각고의 노력이 필요하다. 계속 쓰고, 탈고하고, 여러 작가님을 만나 글쓰기를 배워 나가며 내 작품을 업그레이드해야 한다. 나와 마찬가지로 모든 작가는 초보였던 시절이 있었다. 각자 자기만의 노하우를 가지고 좋은 작품을 쓰고자 노력했을 것이다. 우리의 시작점과 별반 다르지 않다. 소설가가 되는 건, 인생의 성숙도와 닮아 있어서 시간과 노력에 달려있다. 그 까닭에 소설가는 대기만성형이라는 소리가 있다. 이 시간과 투자한 노력만큼 익어가는 소설을 쓰는 것이 우리의 목적이 되어야 한다.

소설가가 되는 데 가장 큰 문제는 자신을 의심하는 데에 있다. 이제부터 명제를 달리 해야 한다. '나도 소설을 쓸 수 있을까?'에서, '나도 소설을 쓰고 싶어!'라고 말이다. 모든 인생은 책 한 권에 다 담긴다는 격언을 생각하면, 우리가 써야 할 소설의 수는 무궁무진하다.

자, 이제부터 소설을 쓰는 자신을 마음껏 상상해 보자!

POINT

소설 쓰기 전, 나에게 외치는 열 가지 강력한 주문

1. 나는 다시 태어나고 싶다.

2. 나는 새로운 세상에서 매력적인 캐릭터가 되고 싶다.

3. 나는 현실에서 벗어나 색다른 인생을 살고 싶다.

4. 나는 누구보다도 가장 재미있는 이야기를 만들 것이다.

5. 나는 다른 사람에게 잘 보이기 위해서 소설을 쓰는 게 아니라, 나의 성장을 위해서 소설을 쓸 것이다.

6. 나는 내 소설의 진가를 나 자신이 가장 잘 안다고 믿는다.

7. 나는 소설을 쓰다가 막히더라도 잘 극복해 나갈 수 있다.

8. 나는 컨디션을 잘 조절하면서 작품을 꿋꿋하게 완성해 나갈 것이다.

9. 나는 첫 작품만으로 실망하거나 만족하지 않고 두 번째, 세 번째 소설을 써 나갈 것이다.

10. 나는 내 작법 스타일에 고착되지 않고, 새로운 작법을 끊임없이 연구하여 지속적으로 작품을 발전시켜 나갈 것이다.

밑바닥부터 올라가기

밑바닥은 나랑 가장 밀접한 존재이다. 나는 한 번도 내가 하늘 위에 있다고 생각해 본 적이 없다. 그런 사람들의 세계는 아마 내가 속한 세계와는 어마어마하게 다를 것으로 생각한다. 다만 밑바닥에 있어서 좋은 점도 있다. 바로 높이 떠오른 하늘을 바라보면서, 경험하지도 않은 세계를 상상하는 자유를 얻을 수 있다는 것이다.

이건 소설을 쓰는 사람에게 있어 가장 큰 축복이다. 너무 꼭대기에만 있으면 아래를 굽어보려 어렵사리 내려와야 하지만, 밑바닥에 있으면 앞으로 걸어가야 할 길이 깔려 있다. 게임에서는 캐릭터가 제거해야 할 몬스터들을 잡으면 경험치가 쌓이고 레벨이 업그레이드된다. 이후 다음 퀘스트로 넘어가 능력이 한층 높아진 몬스터들을 잡으며 내 캐릭터의 경험치도 높아져 간다.

소설을 쓸 때도 능력치를 하나하나 쌓아가는 기분이 든다. 지난주에는 로그라인을 쓰는 법을 배웠다면, 이번 주에는 기획의도를 쓰는 법을 배우고, 다음 주에는 이 두 가지를 절묘하게 섞어 독자들에게 어떻게 어필할 수 있을지 고민하며 수정해 나가고. 작법을 익히고 계속 써 나가면서 어느 순간 내 글쓰기 실력이 향상된 것을 느끼는 재미가 있다.

아직 부족한 사람이 부족함을 채워 나가는 게, 이미 많은 것을 움켜쥔 사람이 소유물을 내려놓는 것보다 훨씬 스릴 있지 않은가? 우리가 보던 드라마나 영화, 웹툰 등을 떠올려 보자. 첫 화를 보면, 우리와 같이 아직은 초보 단계에 놓인 주인공을 만난다. 그의 성장을 응원하고, 때로는 그가 든 시험에 함께 안타까워하면서 해피엔

딩을 꿈꾼다. 가상의 주인공이 성장 모험을 꾸려 나가는 것도 이렇게 멋있는데. 현실 세계에서 성장하고 있는 나를 꿈꾼다니. 이 세상에서 가장 스릴 있는 스토리는, 바로 내가 소설가로서 성장하는 스토리 아닐까?

밑바닥에서 시작해야 할 것

· 근거 없는 자신감과 무조건 잘 쓸 거라는 패기

· 이를 뒷받침하는, 실력 쌓기의 부단한 노력

· 내 글을 읽고 응원해 줄 진실한 독자 1명

· 꾸준히 작업할 수 있는 노트북

· 가장 닮고 싶은 소설가 최소 1명 정하기

· 글쓰기 플랫폼 정하기

· 글을 쓸 수 있는 물리적인 시간

· 내 실력을 향상해 줄 수 있는 좋은 강의 탐색하기
  (온/오프라인 강의)

· 집필할 수 있는 지구력을 받쳐줄 탄탄한 체력

· 영감을 얻을 수 있는 공간

소설 장르 새롭게 알기

여러분이 아는 소설 장르는 무엇인가? 로맨스, 호러, 추리 등등. 수많은 장르가 있을 것이다. 한번 내가 아는 소설의 장르를 써 보자.

POINT

내가 아는 소설의 종류는 무엇일까?

각 종류별로 어떤 소설이 들어있을까?

. 호러 :

. 스릴러 :

. 추리 :

. 로맨스 :

. 그 외 :

소설의 종류를 새롭게 크게 3가지로 구분해보자.

. 평소설 : 일상적인 생활을 기반으로 이루어진 소설

. 내가 알고 있는 평소설은?

. 장르소설 : 일상에서 일어나지 않을 법한 일들을 실제로 일어나는 것처럼 상상하며 쓰는 소설

. 내가 알고 있는 장르소설은?

. 웹소설 : 웹사이트에 정기적으로 연재하는 소설

. 내가 알고 있는 웹소설은?

이번에는 내가 쓸 소설의 장르를 결정해 보자.

. 당신이 쓰고 싶은 소설은 평소설, 장르소설, 웹소설 중에 무엇인가? 그리고 그 이유는?

. 당신이 쓰고 싶은 소설의 장르와 내가 잘 쓰는 글의 스타일이 몇 % 나 맞아떨어지는가?

. 만약 글을 쓰기 어려운 경우에도 해당 장르의 소설을 계속 쓸 수 있을까? 얼마나 지속할 수 있을까?

. 글을 쓰기 싫을 때 쓰는 대신 읽고 싶은 책은 무엇이고, 장르는 무엇인가?

나만 재미있는 건 아닐까?

"내 인생을 책으로 쓰면 책 10권은 나온다니까!"

라고 말씀하시는 어르신이 계신다고 상상해 보자. 과연 그 어르신은 자신의 인생을 소설로 쓸 수 있을까? 답은 No다. 왜냐하면 당신의 인생은 당신에게만 유의미하고 재미있기 때문이다. 다른 사람이 어르신의 인생 얘기를 1시간쯤 들어주면 지루하다는 표정을 지을 것이 뻔하다. 우리의 스토리는 결코 어르신의 지루한 인생 이야기가 되어서는 안 된다.

그러기 위해서는 내적 재미와 대중적 재미를 구분하는 힘이 있어야 한다. 소설은 일기가 아니다. 일기는 개인적인 일상을 기록하며, 글쓴이의 내밀한 면을 드러내는 글이다. 반면 소설은 대중을 상대로 창작되는 글이다. 대중을 고려하지 않는 소설은 작가 혼자만 재미있을 수밖에 없다. 대중적인 재미를 외면한다면 당신의 글은 당신 이외의 다른 이들에게 읽히지 않고 사장될 것이다. 그렇지 않다면 내적 재미와 대중적 재미를 구분해야 할 것이다.

POINT

. 각 키워드 별로 내 인생의 한 장면을 써보자.

. 사랑 :

. 음식 :

. 우정 :

. 슬픔 :

. 공포 :

. 감동 :

이번에는 각 키워드 별로 대중적으로 재미있는 작품을 써 보자.

. 사랑 :

. 음식 :

. 우정 :

. 슬픔 :

. 공포 :

. 감동 :

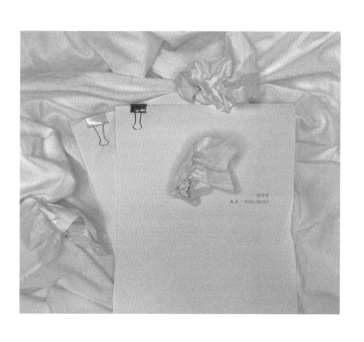

2부

소설가 데뷔를 목표로
본격적인 준비하기

대중의 마음을 사로잡는 소설 쓰기

대중의 마음을 사로잡으려면 무조건 재미 요소가 소설 속에 녹아 있어야 한다. 대중은 재미를 위해 소설을 집어 든다. 이런 이유로, 작가가 어떤 방식으로 서사를 풀어가야 할지 컨셉을 잡는 것이 중요하다. 내 소설의 방식은 묘사 위주로 풀어갈 것인지, 시간의 흐름 순으로 풀어갈 것인지, 액자식처럼 이야기 속의 이야기 형식으로 풀어갈 것인지 결정해야 한다. 이와 같은 형식적인 부분은 처음에 소설을 쓰겠다고 다짐할 때, 머릿속에 대략적인 청사진으로 그려진다. 이 부분은 이야기 속의 이야기로 만들고, 저 부분에서는 인물들끼리의 대화가 핑퐁식으로 오고 가고 하는 식으로 상상이 확장된다.

혼자서 스토리 창작에 몰입하다 이런 상상이 점차 구체화할수록 '우와! 이거 대박 나는 거 아니야?'라는 생각에 빠지기도 한다. 내적 재미가 마구 커지면서 이 열정을 주체하지 못해 바로 컴퓨터를 켜게 된다. 그다음엔 글쓰기 도구를 켜고 쓰고 싶었던 스토리들을 마구 쏟아낸다. 이렇게 빽빽하게 채워진 소설이 열 장 정도가 넘어가면 저절로 뿌듯함과 감동이 느껴진다.

이제 정성껏 만들어 낸 완성본을 가지고 믿을 만한(아무리 쓴소리를 해도 내가 상처받지 않을 만한) 사람에게 처음으로 공개해 본다. 잔뜩 기대에 부풀어 첫 독자의 표정을 유심히 관찰한다. 그런데 이런! 내가 기대한 표정과는 전혀 다른 표정을 짓고 있다. 지루한 듯 눈썹을 꿈틀거리기도 하고. 거기가 진짜 중요한 대목인데 아무렇지 않게 쓱 넘겨버리고. 어떤 때는 하품을 하거나 페이지를 빠르게 넘겨버린다. 그간 내가 투자한 노력과 시간을 생각하면 얼마나 속이 터지는 일인가.

소설을 쓰다 보면 이런 경험이 부지기수다. 내가 봤을 땐 대박이었던 작품이, 다른 사람이 봤을 땐 쪽박에 불과하다면 얼마나 속상한지. 게다가 공모전에 여러 차례 도전한 작가들도 그렇거니와, 첫 작품을 써보려 도전하는 초보 작가들에게는 그 실망감이 이루 말할 수 없이 매우 크다.

대중의 마음을 사로잡는 비결은 먼 데 있지 않다. 대중적인 재미와 소설가 자신의 내적 재미를 구분하면 된다. 대중적인 재미가 스며 들어간 소설을 쓰기 위해서는 앞서 말한 클리셰를 잘 응용해야 한다. 대중들에게 인정받은 소재들로 만들어진 클리셰는 꿀잼을 보장하는 보증수표나 다름없기 때문이다. 소설가의 내적 재미만 있으면 된다고 생각하면, 글쓰기 툴에다가 마음껏 소설을 쓰고 혼자서만 간직하면 그만이다. 그렇지만 소설은 대중을 고려해서 만들어지는 작품이다. 대중과의 소통이 부족하면 완전한 작품으로 설 수 없다.

이후 소설의 탄탄한 기초공사를 시작한다. 소설을 쓰기 위해서는 아래의 요소들이 필요하다. 이 네 가지 구조를 튼튼하게 쌓아나가야 완성작이라는 집이 생긴다.

. 로그라인
. 기획의도
. 시놉시스
. 트리트먼트

1. **로그라인** : 스토리의 핵심 요약을 말한다. 이 스토리가 매우 재밌다고 표현할 만한, 핵심적인 단 한 줄로 요약되어야 한다. 많은 사람이 흥미로운 로그라인 한 줄에 매료되어 소설책을 펼친다.

2. **기획의도** : '이 소설을 왜 썼는지'가 아니라 '주인공 주변에 벌어지는 흥미로운 사건이 무엇이고, 주인공이 어떻게 극복하는지'를 써야 한다. 대중들이 원하는 재미 포인트가 들어가야 하고, 누가 보더라도 눈길을 잡아끌어야 한다. 로그라인과 기획의도가 잘 쓰인다면 스토리의 반은 성공했다고 보면 된다.

3. **시놉시스** : 스토리의 대략적인 줄거리다. 시놉시스의 구조를 촘촘하게 짜면 짤수록 스토리의 뼈대가 단단해진다. 호기심을 자아내는 스토리가 고스란히 녹아 있다. 시놉시스에는 이야기의 기승전결이 담겨있다.

4. **트리트먼트** : 시놉시스를 더 구체화한 줄거리이다. 때로는 장면 묘사가 삽입되기도 하고 인물 간의 대화나 생생한 상황을 제시한다. 트리트먼트가 소설의 출발점이 된다고 해도 과언이 아니다.

. 분량 : 로그라인 〈 기획의도 〈 시놉시스 〈 트리트먼트

이 순서대로 소설의 구조가 잡히기 때문에 기초공사를 착실히 해 나가기만 하면 멋진 스토리를 창작할 수 있다. 나는 처음에 이런 구조가 있다는 걸 전혀 몰라서, 네이버나 구글 같은 포털 사이트에서 일일이 용어를 검색하며 정리해 나갔다.

그동안 스토리의 구조도 없이 마구잡이로 소설을 써온 지난날을 생각하니 독자들에게 죄송한 마음이 들었다. 훗날 스토리를 만들면서 착실히 기초공사부터 시작해 나갔다. 그러다 보니 앞뒤가 안 맞는 인과관계의 오류도 금방 찾아내 수정하고, 여기서는 인물이 2명이었다가 다른 데서는 3명으로 바뀌어 있는 실수도 잡아낼 수 있었다.

집을 지을 때와 같이 소설을 쓸 때도 기초공사가 매우 중요하다. 하지만 뭐부터 시작해야 할지 덜컥 겁이 난다면? 일단 소설부터 쓰고 난 후에 기초 쌓기를 해도 된다. 정주행만이 정답은 아니다. 역주행을 통해서 내 스토리의 빈약한 부분을 알아낼 수 있다. 먼저 소설을 완성한 후에 기초적인 것들을 긍정적인 방향으로 잘 수정하면 그만이다. 구조에만 매달리지 말고 일단 쓰기 시작해야 한다.

. 다음을 보고 어떤 작품에 관한 로그라인, 기획의도, 시놉시스 등을 적었는지 맞춰 보자.

1.

. 로그라인 : 456억, 어른들의 동심이 파괴된다.

. 기획의도 : 빚에 쫓기는 수백 명의 사람들이 서바이벌 게임에 뛰어든다. 거액의 상금으로 새로운 삶을 시작하기 위해. 하지만 모두 승자가 될 순 없는 법. 탈락하는 이들은 치명적인 결과를 각오해야 한다.

2.

. 로그라인 :나를 죽인 가문의 핏줄로 다시 태어나다

. 기획의도 : 총수 일가의 오너리스크를 관리하는 비서가 재벌가의 막내아들로 회귀하여 인생 2회차를 사는 판타지 드라마.

3.

 . 로그라인 : 330척에 맞선 12척의 배. 역사를 바꾼 위대한 전쟁이 시작된다.

 . 시놉시스 : 1597년 임진왜란 6년, 오랜 전쟁으로 인해 혼란이 극에 달한 조선. 무서운 속도로 한양으로 북상하는 왜군에 의해 국가존망의 위기에 처하자 누명을 쓰고 파면당했던 이순신 장군이 삼도수군통제사로 재임명된다. 하지만 그에게 남은 건 전의를 상실한 병사와 두려움에 가득 찬 백성, 그리고 12척의 배뿐. 마지막 희망이었던 거북선마저 불타고 잔혹한 성격과 뛰어난 지략을 지닌 용병 구루시마 미치후사가 왜군 수장으로 나서자 조선은 더욱 술렁인다. 330척에 달하는 왜군의 배가 속속 집결하고 압도적인 수의 열세에 모두가 패배를 직감하는 순간, 이순신 장군은 단 12척의 배를 이끌고 바다를 향해 나서는데…! 12척의 조선 vs 330척의 왜군 역사를 바꾼 위대한 전쟁이 시작된다!

4.

. 로그라인 : 그래도 살 만한 인생

. 기획의도 : 바둑이 인생의 모든 것이었던 장그래가 프로입단에 실패한 후, 냉혹한 현실에 던져지면서 벌어지는 이야기를 그린 드라마

실전 연습하기

. 다음의 작품을 참고하여 내 소설의 로그라인, 기획의도, 시놉시스를 써 보자.

1. 제목 : 베타

2. 로그라인 : 내가 사랑하던 남자가 돌아왔다, 인어로.

3. 기획의도 : 야망있는 아이돌 연습생 연정은 준오와 헤어지게 되고 준오는 투신 자살을 한다. 세월이 흐른 뒤 연정은 지훈과 결혼하게 되고, 차갑게 식어가는 결혼생활 가운데 반려어를 구입하기 위해 수족관을 찾는다. 관상어 베타를 구입하면서부터 연정은 낯선 현상에 시달리게 된다.

4. 시놉시스 : 아이돌 연습생이었던 연정은 과거 준오와 연인 사이였으나 장래를 위해 이별을 선택하게 되고, 준오는 자살을 하게 된다. 시간이 지나 연정은 지훈과 결혼하게 되는데, 지훈은 연정을 계속 의심하는 의처증을 가지고 있었다. 연정은 수상한 수족관에서 반려어로 베타를 구입하고, 베타의 모습이 나날이 변해가는 것을 발견한다. 급기야 베타는 끔찍한 먹이를 요구하게 된다. 이제 연정은 자꾸만 낯익은 모습으로 변해가는 베타에게 홀린듯 다가서게 된다.

1. 제목

2. 로그라인

3. 기획의도

4. 시놉시스

스토리의 3박자

이야기의 구조를 설명하면 보통 '기, 승, 전, 결'의 형태를 말한다. 그러나 스토리를 촘촘하게 짜면 짤수록 기승전결의 구조보다는 좀 더 간결한 구조로 좁혀 나가는 것을 깨닫게 된다. 문학적 구성으로는 기승전결의 형태가 맞으나 고전부터 흘러온 정설에서는 '처음—중간—끝'의 3단 구성을 중요시하고 있다. 그러니까 기승전결의 '기'에서 '처음—중간—끝'이 있고, '승'에서도 '처음—중간—끝'이 있다는 것이다.

이것을 코끼리 작법이라고 부른다. 코끼리를 상상해 보자. 코끼리는 가장 낮은 코부터 시작해서 가장 높은 등허리에 이어, 꼬리로 하강하는 구조로 되어 있다. 코끼리의 몸통을 타고 흘러갔다가 내려오는 것과 같이 스토리의 구조도 그러하다는 것이다. 코끼리를 기승전결에 대입해 삼등분하면 기승, 승전, 결의 구조가 나누어진다. 당신이 아는 모든 스토리는 그러하다. 3단 구성으로 이루어진 기승전결의 구조이다. 우리의 스토리도 그러해야 한다. 그렇다면 어떻게 3등분을 짜낼 수 있을까? 다음의 문답을 적어보고, 내 스토리에도 적용해 보자.

예시 : 사랑하는 연인이 결별했다.

. 처음 (동기, 사랑의 시작) :

. 중간 (위기, 이별의 일촉즉발 상황) :

. 끝 (결말 및 해소, 이별까지 이르게 되는 상황과 결말) :

예시 : 타임머신을 타고 10년 전 과거로 돌아갔다.

. 처음 (동기, 현재의 시점에서 타임머신을 탐) :

. 중간 (전개, 타임머신을 타면서 벌어지는 일들) :

. 끝 (결말, 타임머신을 타고 돌아올 것인가, 아니면 그대로 머물 것
인가의 선택) :

예시 : 내일 지구가 멸망한다.

. 처음 (발단, 지구 멸망의 징조) :

. 중간 (전개, 위기 상황들의 진행) :

. 끝 (해소 및 결말, 내가 하게 될 선택들과 결말) :

플롯이 무엇일까?

소설을 쓸 때 가장 중요한 점이 뭐냐고 질문하면 대다수 사람은 이런 대답을 한다. 창의력, 참신함, 아이디어, 캐릭터. 독자의 입장에선 기발한 아이디어가 뿜어져 나오는 작품을 읽으니, 당연히 이런 대답을 할 수밖에 없다. 창작자들에겐 '소설을 쓸 때 가장 중요한 점'에 대한 질문이 사뭇 무겁기만 하다. 골똘히 생각해도 이런저런 대답들이 머릿속에 두둥실 떠다니는데. 어떤 답변이 가장 현명한 것일까?

정답은 바로 '플롯'이다. 한마디로 정리하면 플롯은 서사가 점차 발전해 나가는 패턴이다. 즉 등장인물과 사건, 배경 등으로 이루어져 소설을 완성하는 큰 물결인 셈이다. 플롯의 종류는 천차만별이다. 적게는 5개 내지 6개가 될 수도 있고, 크게는 100개까지 확장해 나가기도 한다. 플롯을 많이 알면 내 소설을 쓰는 데 큰 도움이 될까? 그것도 아니다. 플롯을 많이 안다고 해서 스토리를 맛깔나게 쓰는 건 아니다. 그보다는 내가 어떤 클리셰를, 어떤 흐름 안에서 구성해 나간다는 자세로 플롯을 잡는 것이 중요하다. 플롯에 대한 종류를 아는 것보다 어떤 방식으로 플롯을 설정할지, 그 꿀팁을 알려주려 한다.

야매로 알아본 플롯을 설정하는 꿀팁

1. 주인공이 바라는 목표는 독자들에게도 충분한 설득이 되는 목표이다.

2. 그 목표는 달성 가능하지만, 쉽게 이룰 수 없어, 독자들의 간담을 녹아 내리게 한다.

3. 주인공을 방해하는 세력이나 인물들이 꼭 배치되어, 고구마를 백 개 먹은 듯한 답답한 장면도 등장한다. 하지만 잦은 고구마 장면은 독자들로 하여금 책장을 덮게 만든다.

4. 독자들은 주인공의 일상생활을 궁금해하지 않는다. 다만 주인공을 중심으로 벌어지는 '서사'를 궁금해한다.

5. 능동적인 주인공이, 수동적인 주인공보다 훨씬 더 매력적이다.

6. 주인공은 항상 내적갈등을 빚는다.

7. 플롯에 따른 상황의 진척을 너무 많은 묘사로 설명하지 않는다. 독자들은 설명충보다 장면에 따른 자연스러운 이해를 원한다.

8. 독자들은 답을 알고 있지만 주인공은 답을 알지 못하는 서스펜스는, 알고리즘표를 활용해 도식화하자. 알고리즘을 따라 촘촘하게 그려낸 서스펜스가 마침내 반전의 미를 거둘 수 있도록 개연성을 만들자.

9. 플롯이 중요하다고 해서 캐릭터가 평면적이면 소설의 재미가 반감된다. 때로는 인물들 간의 티키타카를 넣거나 주인공의 감정이 폭발하는 장면 등을 넣어 보자.

10. 유려한 문장력이 나오지 않는다 해서 머리를 쥐어뜯지 말고, 플롯의 흐름이 유려하도록 하자. 몇 마디의 명문장을 쓰는 것보다 통일성 있는 이야기를, 독자들에게 어떤 이미지로 각인 시킬 수 있을지 고민하는 게 훨씬 큰 지혜일 수 있다.

플롯이 스토리라인의 전부는 아니지만, 구조화 작업에 있어서는 중추적인 역할을 한다. 어떤 창작자는 플롯이 스토리의 전부라고 말하기도 한다. 그만큼 플롯이 스토리의 성패를 쥐고 있는 것은 사실이다. 이런 이유에서 플롯의 종류를 많이 알고 내 소설에 적용하는 것도 좋지만, 어떤 플롯을 효과적으로 설정하는가가 그보다 더 효율적인 전략 아닐까?

내가 소설을 처음 쓸 때는 무작정 재미만 있으면 다 될 거라고 자신했다. 내 마음대로 스토리를 짓고, 무너뜨리며, 다시 건축해 나갔다. 그저 꾸준히 노력하면 언젠가는 내 작품이 인정받을 것이라 여겼다. 소설을 쓰고 나서야 플롯의 세계가 있다는 걸 알게 되니, 부끄러워도 이렇게까지 부끄러운 줄 몰랐다. 혼자만의 착각에 빠져 살며 노력만이 살길이라고 말하고 다녔던 게 생각나 얼굴이 화끈거렸다. 플롯이 부실한 졸작을, 착한 독자들이 얼마나 참고 견디며 읽었을지 생각하니 정말 한심하기 짝이 없었다. 자성하는 마음으로 소설에 대한 기초 근육을 단련하기 시작했다. 플롯의 세계를 알고 나니 타인의 소설을 읽거나 자신의 소설을 쓰는 눈과 감각이 달라졌다.

소설을 쓰고 싶다면 반드시 플롯을 연구하자. 세상에 가지각색의 인생들이 있는 만큼이나 플롯의 종류도 다양하다.

POINT

. 인간의 마음을 사로잡는 플롯의 종류

1. 추구 : 돈 키호테는 사랑을 얻을 것인가

2. 모험 : 초점을 여행에 맞춰라

3. 추적 : 도망자의 길은 좁을수록 좋다

4. 구출 : 흑백논리도 설득력이 있다

5. 탈출 : 두 번 실패한 다음 성공하게 하라

6. 복수 : 범죄를 목격하게 만들면 효과가 커진다

7. 수수께끼 : 가장 중요한 단서는 감추지 않는다

8. 라이벌 : 경쟁자는 상대방을 이용한다

9. 희생자 : 주인공의 정서적 수준을 낮춰라

10. 유혹 : 복잡한 인물이 유혹에 빠진다

11. 변신 : 변하는 인물에는 미스터리가 있다

12. 변모 : 변화의 책임을 누가 질 것인가

13. 성숙 : 서리를 맞아야 맛이 깊어진다

14. 사랑 : 시련이 클수록 꽃은 화려하다

15. 금지된 사랑 : 빗나간 열정은 죽음으로 빚을 갚는다

16. 희생 : 운명의 열쇠가 도덕적 난관을 만든다

17. 발견 : 사소한 일에도 인생의 의미가 담겨 있다

18. 지독한 행위 : 사소한 성격 결함이 몰락을 부른다

플롯 선택하기

아래의 질문에 답을 해보면서 내가 쓰려는 이야기의 플롯을 선택하는 데 좁혀나가 보자.

1. 주인공이 간절히 바라는 목표는 무엇인가?

2. 주인공이 현재 하고자 하는 바는 무엇인가?

3. 주인공을 방해하는 적대자는 누구이고, 무엇으로 주인공을 방해하고 있는가?

4. 주인공은 어떤 계기로 목표에 더 도달하려 각성하게 되는가?

5. 주인공이 장애물을 넘어서면 무슨 일이 벌어지는가?

6. 위 이야기에 적합한 플롯은 무엇인가? 인간의 마음을 사로잡는 플롯에서 선택해보자.

내가 아는 이야기 빙고게임 해보기

플롯까진 알았는데 뭘 써야 할지 모르겠다면, 일단 A4용지를 꺼내 본다. 종이 앞 뒷면은 전면 백지여야 한다.

그다음엔 앞장에다가 3X3 형식의 표를 그려본다. 그럼 9개의 사각형이 완성될 것이다. 이 사각형으로 무엇을 할 것인가? 바로 여러분이 생각했을 때 가장 재미있게 봤던 소설, 웹툰, 드라마, 영화, 애니 등을 채워 나간다. 다 채웠는가? 이번에는 뒷장에다가 다시 3X3 형식의 표를 그려본다. 이번에는 앞면에 썼던 것과 달리, 가장 재미없게 봤던 소설, 웹툰, 드라마, 영화, 애니 등을 채운다.

이제 앞장과 뒷장을 교대로 돌려 비교해 보자. 앞장에서는 내가 어떤 글을 쓰고 싶어 하는지 한눈에 들어오고, 뒷장에서는 어떤 글을 쓰고 싶지 않은지 한눈에 들어올 것이다. 소설을 쓰다가 막히면 좋은 소재를 찾는 것도 쉽지 않다. 이럴 땐 이야기 빙고게임을 통해 내가 어떤 글을 쓰고 싶은지, 자기 성찰을 할 수 있다. 어떤 이야기를 써야 할지 막막할 때 쓰면 아주 유용한 방법이다. 반대로 쓰고 싶은 이야기가 많은데 어떤 것을 걸러내야 할지 고민할 때도 적용할 수 있다. 너무 많은 것을 말하려 하기보단 임팩트있는 무언가를 만들기에 좋은 방법이다.

이런 식으로 이야기 빙고게임을 통해 찾아낸 재미요소를 적절히 배치하여 나만의 이야기를 만들어보자. 힘들여 머리를 쥐어짜는 것보단 백 배는 더 재밌지 않은가!

빙고게임 예시

빙고게임을 통해 내가 쓰고 싶은 이야기를 결정했다면, 그 이야기에 왜 매력을 느꼈는지를 2~3줄 정도로 요약해 본다. 전개가 빨라서, 등장인물의 티키타카가 좋아서, 캐릭터가 독특해서, 신선한 소재가 나와서, 빌런이 막강해서 등등 여러 가지 이유가 있을 것이다. 이제는 2~3줄로 요약한 요소가 내 소설로 각색이 된다면 어떻게 될지 자유롭게 써보자.

예를 들어, 위의 빙고게임에서 매력을 느낀 이유를 "새로운 인생을 사는 것만 같아서, 야매라는 말이 재미있어서, 책방이라는 소재가 특이해서"라고 요약하자. 그러면 내 소설에서는 이 세 가지를 합성하여 매력적인 이야기를 만들어 낼 수 있다.

"대기업에서 꼬박꼬박 월급을 받는 것으로 무료한 일상을 보내는 K. 어느 날 그는 건강검진에서 대장암이라는 충격적인 결과를 받고, 인생을 돌아보게 되는데. 인생을 한탄하며 걷던 그는 감성적인 이름을 가진 책방을 발견하게 된다. 책방의 문을 열자, 묘령의 책방지기가 그를 맞이하는데, 독특하게도 책장에 꽂힌 책들은 제목이 쓰여 있지 않다. 이유를 묻는 K에게 책방지기는 '책이 선택한 사람이 인생을 사는 대로 제목이 생성된다'라는 미스터리한 말을 남긴다. K는 의아해하며 책 한 권을 사온다. 그날 밤, K가 잠든 사이 책이 저절로 펼쳐지며 희미한 문구가 쓰여진다. '야매로 살아온 대가, 그 업보를 풀어 인생을 다시 리셋한다'. 그러자 K가 기억하고 있는 모든 기억이 책 안으로 빨려 들어간다. 다음 날 아침, 침대에서 깨어난 K는 완전한 백지상태의 사람이 된다."

뻔한 클리셰, 비틀어보지 말고 따라 쓰자.

"저건 너무 뻔하잖아. 이때쯤이면 분명 죽겠지."

"여기서 귀신 나온다. 안 나오면 내 손에 장을 지진다."

소설에 대해 지식이 없는 사람이라도 '클리셰'라는 말을 들어봤을 것이다. 클리셰는 일관적인 흐름에 따라 나타나는 정형화된 표현을 말한다. 즉, 소설이 어떻게 흘러가겠다 하는 스토리라인을 표현하는 말과 같다. 그러니 클리셰가 뻔하다는 말은 스토리가 어떻게 흘러갈지 훤히 보인다는 말과도 같다. 클리셰를 잘 잡는 건 스토리텔링의 승패를 좌우하는 것이다.

하지만 초보들의 실수는 바로 클리셰에 대한 무모한 도전에 있다. 드라마, 영화 등에 사용되는 뻔한 클리셰는 싫어! 라고 하면서 도전 의식을 자극하는 것들. 이런 생각을 주의해야 한다. 아무래도 작가들은 임팩트있는 작품을 써서 대중들에게 확실히 어필하고 싶어한다. 만약에 클리셰가 뻔하다고 해서, 클리셰의 힘을 간과해버린다면? 공들여 쓴 내 소설이 대중들에게 외면당하고 말 것이다.

왜냐하면 결국 클리셰라는 건, 대중들이 가장 재미있어하는 포인트들이라는 소리나 마찬가지이기 때문이다. 그러므로 초보 작가로서는 신박한 클리셰를 찾아 먼 길을 떠나기보다, 대중들이 가장 좋아하는 포인트가 담긴 클리셰를 파고드는 것을 추천한다.

클리셰가 내 소설을 흥미롭게 만드는 주요 요소가 되기 때문에, 잘 살펴보고 내 스토리에 맞는 클리셰를 선택하길 바란다. 클리셰 모음집같은 작법서뿐만 아니라 넷플릭스, 왓챠 등 OTT 서비스에서 제공하는 영상이라든지. 웹소설, 웹툰 등 여러 매체 속에서 대중들이 많이 찾아보는 작품의 클리셰를 탐색해보자. 분명 내 스토리에 양념을 가미할 만한 클리셰들이 넘쳐나는 걸 발견할 것이다.

. 야매로 알아본 클리셰 모음집

1. 파괴된 세계와 살아남은 주인공(디스토피아)

2. 평행세계와 뒤집어진 세계(이 세계물)

3. 포스트 아포칼립스

4. 다수의 집단에서 생존하기

5. 부모와 가문의 압박(시험, 성적, 취업, 결혼 등), 그리고 반대에 부딪힘

6. 거액의 돈을 향한 서바이벌 게임

7. 눈을 뜨니 ○○○가 되었다.

8. 모종의 사건으로 인해 신분이 세탁되었다.

9. 현실에서는 불가능한 소원을 들어주는 기적

   (대신 초자연적 존재와 계약을 맺음)

10. ○○을 향한 개연성 있는 복수

11. 사실 빌런에게는 ○○한 사연이 있었다.

12. 추격전

13. 라이벌과의 일시적인 담합과 사건 해결

14. 결정적인 순간에 동료가 뒤통수를 치다.

15. 치명적인 사랑에 이끌리지만, 결코 이루어질 수 없는 금지된 사랑

16. 진짜 빌런은 A가 아니라 B였다.

17. 주인공(혹은 주인공에게 영향을 주는 주조연급 인물)의 흑화와 타락

18. 봉인된 금기의 해제

19. 지키고 싶은 ○○○이 있다.

20. 인간이 모르는 동물의 세계(말하는 고양이와 강아지, 견원지간의 전투세력과 모종의 거래 등)

21. 반전의 주인공은 반드시 주인공의 주변이나 악당의 주변에서 발견된다.

상상력을 키우는 작법 연습해보기

POINT

. 최근 들어 자주 듣는 노래가 있는가? 그렇다면 노래 가사의 주인공을 '나'라고 가정하고 가사 속 주인공이 어떤 상황을 겪게 되었는지 말해보자.

. 내가 지금 해리포터의 세계관 안에 들어와 있다고 상상해 보자. 기숙사 입사를 앞둔 상황에서 이제 곧 나의 기숙사 배정이 시작되려고 한다. 나는 어떤 기숙사를 갈 것인가? 왜 그런 선택을 하였는가? 기숙사에 들어가면 주인공인 해리 포터와 무슨 관계를 맺을 수 있을까? 기숙사에서는 무슨 일이 벌어질까?

. 내가 마블의 세계관 안에 들어와 있는데 눈앞에서 타노스가 우주를 파괴할 계획을 설명하고 있다. 그러나 아직 어벤져스는 출동하지 않았다. 나는 어떤 능력을 가지고 있고, 어떤 행동을 할 것인가? 그 영향으로 무슨 일이 벌어질 것인가?

. 어느 날 갑자기 벼락을 맞았는데 초능력이 생겼다. 이 초능력은 무엇이고, 나는 초능력으로 무엇을 할 수 있을까? 그로 인한 파장은 무엇이 될 수 있을까? 주변 사람들에게는 비밀로 할 것인가, 공개할 것인가?

소설가의 루틴 만들기

"맑은 정신으로 글을 쓰기 위해 새벽 4시 반에 일어납니다."

"야행성이라 저녁 느지막이 글을 써나갑니다."

평상시 삶의 패턴을 고려해 봤을 때, 둘 중 어느 것이 더 현실성 있게 다가오는가? 어떤 사람은 퇴근 후 시간을 이용해 몰아치듯 글을 써 내려가고, 또 어떤 사람은 저녁 시간에는 푹 쉬다가 아무도 방해하지 않는 이른 아침에 쓰기도 한다. 어떤 것이 되었든 간에 중요한 건, 내게 맞는 글쓰기 루틴인가를 살펴보는 것이다. 저녁이 되었든, 아침이 되었든, 시간대는 중요하지 않다. 본질은 시간이 아닌 "글쓰기"에 달려있다. 글쓰기에 있어 최적의 시간대는 내 역량을 최대한 발휘할 수 있는 시간이다.

오래전에 "○○형 인간"이라는 식의 자기계발서가 유행한 적이 있다. 최근 몇 년 전에는 다시 "○○시간대 루틴"이라는 자기계발서가 유행했다. 무슨 주기가 있는 듯이 시간대에 대한 자기계발서의 유행이 반복되고 있다. 마치 그 시간대에 내 신체리듬을 맞춰야만 성공할 것 같은 강박이 느껴진다. 과연 글을 쓸 때도 이런 패턴이 먹힐까?

개인적으로는 글을 쓰는 때는 그다지 중요하지 않다고 생각하는 주의이다. 당장 원고를 마감하는 시간이 오늘 저녁 11시라고 가정해 보자. 마감 시간을 넘기면 원고료가 나오지 않는다. 그런데 나는 보통 새벽 5시에 일어나 오전 글쓰기 루틴에 맞춰 집필한다. 열심히 새벽을 불태워 보지만 약 20%의 분량을 남기고 부득이하게 출근해야 한다. 어쩔 수 없이 회사에서 온종일 시간을 보내며 쪽글을 써본다. 겨우 5% 정도는 완성했지만, 아직 15%의 분량이 남았다. 퇴근 후 저녁 식사를 마친 뒤, 부랴부랴 책상에 앉아 컴퓨터를 켠다. 그렇다고 해서 글이 안 써질까? 모르는 소리! 마감 시간이 다가오면 초인의 힘을 발휘하기 마련이다. 아침에 변을 보던 사람도 급하면 아무 때나 화장실로 뛰어간다. 원래 급하면 닥치는 대로 하게 되어 있다고, 억지로 루틴을 쥐어짜 낼 필요는 없다.

그런가 하면 루틴이 필요한 경우도 있다. 위의 상황과 반대로, 글을 막 쓰려고 하는 분이거나 잡념이 너무 많아 산만함을 다스려야 하는 분, 글쓰기에 지레 겁을 먹고 머리가 새하얗게 되는 경우가 그러하다. 이럴 경우에는 루틴을 넘어, 리추얼(의식)에 집중하는 자기만의 방법을 터득해야 한다. 무라카미 하루키는 글을 쓰기 위해 달리기를 했고, 톨스토이는 깊은 사색을 하려고 주기적으로 산책을 했다.

자신의 생체리듬이 흐트러지지 않는 선에서, 글쓰기에 도움이 되는 루틴을 찾자. 갑자기 새벽에 일어나려 하거나, 퇴근 후에 방전된 체력을 끌어와 글을 쓰면 골병이 날 수밖에 없다. 글쓰기는 마라톤이라는 말처럼, 소설을 쓰는 것도 마라톤이다.

마감일이 없어 느슨해진 경우라면, 일단 마감일을 스스로 정해 보자. 이후 원고료 통장을 만들어서 30만 원을 넣는다. 마감일까지 원고를 완성하게 되면 자신에게 원고료를 지급한다. 마감일을 지키지 못하면 그 돈은 지급받을 수 없다. 돈이 달려있어서 쓸 수밖에 없다. 지독한 방법으로는 한 달 치 월급을 몽땅 넣는 것도 있으나, 내가 해보니까 생활이 궁핍해지는 바람에 바로 실패했다. 소설을 쓰되, 배는 곯고 살지 말아야 한다. 그래도 마감일은 재량껏 적정한 시기로 정하자. 가까운 지인에게 마감일을 지키지 않으면 소갈비를 쏘겠다는 공략을 걸면 효과는 매우 강력하다.

어쨌든 컴퓨터는 켰고, 마감일은 정해졌고 어느 때건, 여러분은 그냥 쓰기만 하면 된다. 일상의 모든 순간을 작품을 구상하는 시간으로 만드는 것이, 소설가의 찐 루틴이다!

그러나 소설도 그렇거니와 모든 글이 속된 말로 '더럽게' 안 써지는 날이 꼭 있다. 경제적으로나 물리적인 시간 여유가 있으면, 여행을 가거나 정신을 쇄신하는 장소로 떠나는 걸 추천한다. 하지만 지갑 사정이 넉넉지 않고 시간도 부족하다면 어떻게 할까? 더군다나 답답한 속내를 털어놓을 수 없는 상황일 경우라면?

여러 가지 방법들이 있는데 대체로 가장 좋은 방법은 1~2시간 정도 낯선 카페에 가거나 사람이 많이 왕래하는 거리에 가는 것이다. 한적한 벤치나 카페 구석진 자리에 앉아 사람들을 관찰한다. 다양한 인간 군상의 모습들을 관찰하며 머릿속으로 빠르게 스케치해 보자. 엄마가 끄는 유모차에 누운 아기, 친구와 대화하며 싱그럽게 웃는 여자, 오랜만에 만난 동창들과 술 한 잔 기울이는 남자, 비즈니스 미팅을 위해 만났지만 팽팽한 기류를 그리고 있는 두 남녀. 여러 모습의 사람들을 바라보고 있노라면, 내 소설에만 잔뜩 매달려 있던 나에게서 벗어날 수 있다. 한편으로는 그들을 관찰하며 새로운 이야기를 만들고 있는 나 자신을 발견하기도 한다.

과감하게 뇌를 샷다운 하는 방법도 있다. 바로 수면이다. 나는 가끔 이런 상상을 한다. 우리의 뇌가 하나의 캐릭터라고 상상하면, 뇌가 이런 말을 하지 않을까 하고. "나 좀 그만 내버려 둬! 지금 나, 과부하 상태라니까!" 명상도 뇌의 과부하 상태를 막긴 하지만, 잠이 많은 나로서는 명상 음상을 듣자마자 꿀잠에 빠질 가능성이 컸다. 어쩌면 글이 더럽게 안 써지는 건, 우리 몸이 보내는 적신호이지 않을까 싶다. 일단은 잠을 좀 자서 에너지를 채운 뒤, 심기일전하여 쓰는 것을 추천한다.

산책이나 달리기 등으로 몸을 움직여서 감각을 일깨우는 것도, 많은 작가가 활용하는 방법이다. 아니면 아예 며칠 동안 글쓰기를 멈추는 식의 과감한 선택도 한 방법이다. 그 밖에도 선풍기 바람 앞에서 멍하니 앉아있기, 다트 던지기, 글쓰기에 투자한 시간만큼 게임하는 시간 갖기, 막힌 글로 고민하는 사람들과 만나서 썰 풀기, 웹소설이나 웹툰 보기, 드라마 보면서 라면 먹기, 낯선 사람에게 말 걸기, 턱걸이하기 등 갖가지 방법들이 많다. 글이 안 써진다고 해서 괜히 책상 자리를 붙잡기보다, 그곳을 떠나 스트레스의 흐름을 잠깐 끊는 것이라면 어떤 방법이든 다 동원해 보자.

참고로 나는 위에 나온 모든 방법을 두루두루 활용하고 있다. 생각해 보면 인생도 풀릴 때가 있고 안 풀릴 때가 있다. 이런 의미에서 내 글도 지금은 잘 안 풀리고 있지만, 조만간 잘 풀리지 않을까? 내 글이 인생이라는 바다 위에서 한 흐름의 파도가 된 것처럼 말이다. 여러분의 글은 어떤가? 아직 잘 풀리지 않는가? 그렇다면 쥐고 있던 이야기를 잠시 내려놓아 보자. 당장에 글이 더럽게 안 써진다고 해도, 그것이 인생의 막다른 골목이 되지는 않으니까. 무엇보다도 여러분 자신을 위해 소설을 쓰고 있다는 사실을 기억하자. 우리는 곧 반짝반짝 빛날, 위대한 작품을 쓰고 있음을 명심하자! 소설가로 롱런하되, 자신을 지키면서 글을 쓰자.

POINT

All work and no play makes Jack a dull boy.

일만 하고 놀지 않으면 잭은 바보가 된다.

-영화 〈샤이닝〉 중에서

소설가 잭이 호텔에 고립되어

타자기를 두드리며 미쳐갈 때 쓴 글

나의 글쓰기 루틴 만들기

. 내가 가장 집중이 잘될 때는?

(새벽, 아침, 점심, 낮, 저녁, 밤) 그리고 그 이유는?

. 그 시간에 주로 하는 일은 무엇인가?

. 그 시간에 글을 쓰는 일의 비중을 추가한다면 몇 %나 될 것인가?

. 집중이 잘 되는 때 외의 시간은? 이유는 무엇인가?

. 집중이 잘되지 않을 때 내가 가장 많이 하는 행동은?

. 집중되지 않을 때도 글을 써야 한다면?

. 나는 주로 어떠할 때 슬럼프에 빠지는가?

. 슬럼프를 극복하기 위해 어떤 노력을 해 왔는가? 그것은 성공했는가, 실패했는가? 그 이유는?

어떤 강의를 들어야 이득일까?

○○ 글쓰기

글쓰기로 돈 벌기

누구나 성공하는 웹소설 작법

...

핸드폰이나 컴퓨터를 켜면 많은 수의 사람이 글 쓰는 방법이나 소설 작법을 알려주겠다고 성화다. 심지어 이런 광고를 한번 클릭하게 되면 빅데이터 때문인지, SNS를 열 때마다 비슷한 광고가 주르륵 나열된다. 좋은 작품을 쓰기 위한 광고인 건지, 광고를 위한 광고인 건지 도무지 알 수가 없다. 나를 소설가로 성공시켜 주겠다는 강의도 넘쳐나고 광고도 부지기수인데, 나에게 진짜 도움이 되는 강의를 찾으려면 어떻게 해야 할까?

POINT

. 내가 소설가가 되는 데 도움이 되는 강의 선택법

1. 수강료가 턱없이 비싸지는 않은가?

　강의를 듣는다고 해서 내 글쓰기 실력이 어마어마하게 향상되진 않는다. 그러므로 총강의료와 회당 강의료를 잘 계산해서, 한 번쯤 들어도 경제적으로 타격을 입지 않을 만한 강의인지를 따져보아야 한다. 수강 후 나의 작법에 도움이 될 수 있지만, 드라마틱한 효과를 불러온다기보다는 어느 정도 보탬이 될 만한 가이드를 제공할 뿐이다. 일단 '나 자신의 실력'이 우선이고 강의의 꿀팁이 뒷받침이 되는 것이다.

　수강료도 천차만별이라, 적으면 10만 원대에서, 많으면 몇백만 원대를 오간다. 그렇다고 퀄리티의 차이가 크게 벌어지는 것은 아니다. 강의의 퀄리티는 온전히 강사의 역량에 달려있다. 저렴한 강의비가 무색할 만큼 열정적으로 노하우를 가르쳐 주는 강사도 많다. 내 소설에 도움이 될 수 있을지언정, 강의 자체에 모든 돈을 쏟아붓지 말자.

2. 강의가 전부인가? 강의 후 변화가 전부인가?

　애석하게도 강의를 위한 강의들이 많다. 수강 기간이 끝나면 "자, 이제 알아서 잘해보세요~ 안녕~"하고 바이바이 해버리는 경우가 많다. 우리는 강의 후에도 강사(작가)와 계속 교류가 가능한지, 소설을 쓰기 위한 정보를 얼마나 제공해 주는지 등을 고려해야 한다. 강사는 강의비를 제공받은 만큼 강의를 진행하고 커리큘럼을 끝내지만, 우리가 써야 할 작품은 아직 시작조차 하지 않았기 때문이다.

강의를 들으면서 작품을 써나가고 수정 과정을 강사와 논의할 수 있다면 금상첨화지만, 현생이 바쁜 관계로 이상적인 글 작업을 할 수 없는 점도 염두에 두어야 한다. 이 때문에 강의가 끝나도 후속 관리가 가능하거나 수강생 모임 등을 꾸려갈 수 있는지 등을 잘 살펴보자.

3. 공신력 있는 강사와 기관이 진행하는 강의인가?

이건 상당히 중요한 문제이다. 왜냐하면 내가 작가로서 스타트를 끊는 시점에 대한 문제와 긴밀한 관계를 맺고 있다. 강의를 듣다 보면 아무래도 강사의 글 스타일을 따라갈 가능성이 농후하다. 나중에 작품을 써나갈 때 이전에 쓰던 글 스타일을 완전히 갈아엎는 건, 생각보다 많은 시간을 요구한다는 걸 깨닫게 된다.

공신력 있는 작가와 그런 기관을 통해 처음부터 제대로 글을 배우는 것이, 내 실력을 쌓아 좋은 작품을 만드는 데 가장 큰 지름길이다. 만약 이런저런 사정을 따져본 후, 내가 따라가기 벅찬 스타일인 것 같다고 생각되면 어떻게 할까? 당연히 어서 빨리, 내게 맞는 스타일의 작가님을 찾아 강의를 들으면 된다. 너무 잦은 작법 변화도 불필요하지만, 늦은 환승은 더더욱 불필요하다.

4. 이전 수강생들의 후기는 어떻게 쓰여 있는가?

구체적인 사항에 대한 언급 없이 그저 칭찬 일색이라면? 의심의 눈초리를 거두지 말자. 우리가 인터넷으로 물건을 살 때도 칭찬만 있는 리뷰는 이상하다고 생각하지 않은가. 수강생들의 후기를 꼼꼼히 읽어보면서 어떤 점이 내게 도움이 될지 머릿속으로 그려보자.

5. 내가 소설가가 될 수 있는 실질적인 정보를 제공해 주는가?

단순히 작법만 논하는 강의인지, 아니면 실질적으로 내가 소설가로 설 수 있도록 기반을 다져주는 강의인지 알아보도록 하자. 강의 중에 관련 공모전에 대한 정보나 URL 링크를 제공하는 강사들도 있다. 반면 커리큘럼대로 흘러갈 수도 있다. 툭툭 던져주는 정보들이 초보 작가에게는 매우 큰 자산이 된다.

본격적인 소설 쓰기 첫걸음을 떼자.

이제 소설을 쓰기 위한 기술도 다 갖췄고, 나름 언제 글을 써야 할지 루틴도 계획했다. 작업할 만한 요소는 얼추 구성해 놓은 것 같은데, 정작 소설을 어떻게 써야 하는지 감이 오지 않는다. 어디서부터 어떻게, 몇 페이지 분량을 써야 할까?

본격적인 소설 쓰기를 시작하려면 먼저 뭘 써야 하는지 아이디어가 필요하다. '소설을 쓴다'라고 하면 보통 자기 주변이나 자기 인생 이야기를 쓰려고 하는 경우가 태반이다. 자기 경험이 가장 재밌다고 생각하기 때문이다. 하지만 대중들이 타인의 삶에 대해 많은 관심을 기울이지 않는다는 사실을 떠올려 볼 때, 그런 이야깃거리는 소설보다 에세이에 더 적합한 형태라고 보아야 할 것이다. 소설은 대중성을 상당히 고려하는 글이므로, 자기 이야기를 쓰는 것보다 남들이 흥미로워할 만한 이야기를 쓰는 쪽이 더 효과적이다.

그러니 흥미로운 소재를 찾기 위해 매사 수첩을 가지고 다니며 주변 상황을 예의주시하자. 마치 먹잇감을 노리는 매의 눈처럼 기회를 포착하려 노력하자. 개인적으로는 일명 기자 수첩처럼 휴대성이 좋은 메모지를 추천한다. 수첩에 아이디어들을 빼곡히 적어 넣고, 지우고 한 흔적들이 돋보이면 정말 소설 쓰는 사람의 모양이 나온다. 그러다 한 아이디어에 꽂히면 머릿속에 스토리라인이 그려지면서, "이 이야기를 쓰겠어!"라는 다짐을 하게 된다.

이런 각오로 워드 프로세서나 아래아 한글 등 글쓰기 툴을 켜는 당신. 패기는 좋았으나 당장에 뭐부터 써야 할지 막막한 마음이 들 것이다. 지극히 정상이다. 백지장을 보면서 패닉에 빠지지 말고,

가장 먼저 제목을 쓰도록 하자. 그 옆에는 당당히 자기 이름을 쓰도록 하자. 그러면 원고의 앞면이 다 완성된다. 소설의 원고 앞장에 제목과 이름을 쓰는 것만으로도 강력한 동기가 발생한다. 쓰고 싶은 마음으로 온통 두근두근할 것이다.

하지만 2페이지부터는 뭐부터 써야 할지 다시 막막해진다. 이게 정말로 소설을 쓰고 싶어서 두근두근한 것인지, 공황 증상이 오는 것인지 알 수가 없는 지경이 되기도 한다. 뭔가를 쓰려고 하기 전에 "단락" 탭에서 "왼쪽 들여쓰기"를 설정한다. 형식을 갖출 건 다 갖추고 써야 소설의 태가 난다. 형식을 만들고 나면 커서가 몇 칸 정도 안으로 당겨져 있는 걸 확인할 수 있다. 페이지를 빽빽하게 다 채우지 않더라도 이렇게 몇 칸을 야매로 채울 수 있다는 소리이다.

이다음부터는 하고 싶은 이야기를 써 내려가야 한다. 그 전에 명심해야 할 말이 있다. "모든 초고는 쓰레기"라는 말을. 첫 소설의 평판이 너무 하락해 버린다면, 전의를 상실한 여러분은 두 번 다시 소설을 쓰지 않겠다며 비탄에 빠질 수 있다. 첫 소설은 무조건 짧게 쓰자. 모기처럼 짧고, 얇게! 이것이 야매로 살아남을 수 있는 지름길이다. 그런 의미로, 단편 소설을 자주 쓰는 걸 추천한다. 단편 소설의 분량은 보통 A4용지 15매 이하 정도이다. A4용지를 15매까지 쓰려고 한다니! 벌써 머리가 터질 것만 같다. 그런데 생각을 달리해 보면 A4용지 1매에 기승전결이 뚜렷한 소설을 다 쓰는 게 훨씬 더 어렵다. 주인공은 어떤 성격의 사람이며, 어떤 사건에 휘

말렸으며, 주변 인물은 누구인가에 대한 설명을 1장으로 압축하는 편이 쉽지 않다. 차라리 쓰고 싶은 대로 쓰긴 쓰되, 최대 15매 이하로 완성한다고 생각하는 것이 정신 건강에 이롭다. 덧붙이자면, 짧은 습작을 반복하면 훗날 중,장편소설로 이어질 글감이 된다. 그전에 우린, 얇고 길게 롱런해야 하는 정신을 무조건 지켜야 한다.

그런가 하면 합평에 대한 공포가 있는 사람도 있다. 나도 역시 이 케이스에 해당하는 사람이다. 실제로 합평 때 혹평에 혹평을 당하고 마음의 상처를 받은 적이 있다. 하품을 하거나 지루해하는 표정들을 볼 때마다 이걸 계속 해 나가야 싶어 고통스럽기 짝이 없었다.

내 피땀 눈물로 이루어 낸 소중한 작품을 진지하게 읽어주고, 긍정적인 발전을 주는 데 도움이 되는 사람을 첫 독자로 삼아야 한다. 건설적인 비판과 조롱은 작가로서 발돋움하는 것에 하나도 도움이 되지 않는다. 그렇다고 해서 비판을 하는 사람들을 무조건 거르라는 의미가 아니다. 의미 있는 비판은 수용하고, 작품을 발전시키는 도구로 사용해야 한다. 이런 이유로 평가가 긍정적인 소설 쓰기 클래스 혹은 글쓰기 모임을 추천한다.

내 소설의 첫 독자를 잘 찾아보자. 소설가로의 첫 관문을 열정적으로 두드리는 자에게, 사려 깊은 독자는 반드시 나타난다.

POINT

　내 소설의 첫 독자를 만들기 위해 참고할 만한 정보를 조사해보자.
다음의 사항들을 조사해 보고 하나씩 기록해 보자.

　. 공모전 :

　. 출판사 투고 :

　. 독립출판 :

　. 대형서점 :

. 책방 클래스 :

. 기타 글쓰기 강의 :

. 지인 및 가족 :

소설의 시작과 끝

소설을 쓰다 보면 가장 많이 막히는 것이 있다. 그것은 바로 시작과 끝을 어떻게 써야할 지에 관한 것이다. 소설의 시작을 어떻게 설정하느냐에 따라 매력적인 이야기가 될 수 있고, 소설의 마무리를 어떻게 맺느냐에 따라 여운이 깊은 이야기가 될 수가 있다. 소설의 시작은 소설 전체의 인상을 좌우하는 것과 다름없다.

이를 위해서 본격적인 훈련을 진행해보자. 다음 문답에 하나하나 답해보면서 소설의 시작과 끝을 짜임새있게 구성해보자.

소설을 시작할 때의 방법

1. 장면 묘사하기

소설 속 장면을 묘사하면서 시작해 본다. 기후, 온도, 바람, 햇빛, 계절 등을 중점으로 묘사해보자.

2. 인물 묘사하기

주인공의 생김새, 외모, 특이한 점을 묘사해보자.

3. 분위기 묘사하기

정서적인 느낌을 묘사해보자. 시작 부분의 정서는 고독인가, 환희인가, 우울인가, 희락인가?

4. 시작 시점 잡아보기

소설의 시작은 회상인가, 현재인가, 과거인가, 미래인가?

시작점에서 말하는 화자는 누구인가? 주인공인가, 제 3의 화자인가?

소설을 마무리할 때의 방법

1. 대사로 맺기

두 세명의 인물이 티키타카를 하며 얘기를 주고 받다가 의미심장한
대화문으로 마무리한다.

예시) "빨리 오라고."

"금방 갈게. 가고 있어."

"언제 오는데?"

"네 목숨이 다 할 때."

2. 마지막 장면을 묘사하면서 맺기

소설의 마지막 장면과 이어지면서 자연스럽게 맺는다.

3. 장면과 상관없이 맺기

예시) 두 할머니가 화해하며 주인공을 용서하고, 친할머니는 일주일 뒤에 숨을 거둔다. 뒤이어 "정말 지루한 장마였다."라는 문장으로 갈무리된다. (윤흥길의 장마)

4. 궁금증을 유발하며 맺기

예시) "지금까지 이러한 이야기였습니다. 당신의 마음은 어떤 색깔인가요?"

소설의 중반, 지구력 기르기와 퇴고하기

소설의 첫 부분을 쓰기 시작했다면 소설의 중반부분을 쓸 때 필요한 질문들을 자신에게 던져보자. 소설을 점검하며 써나갈 때 소설을 쓸 만한 지구력을 길러줄 것이다.

POINT

소설 중반 지구력 기르기

. 오늘 나는 어디까지 쓸 수 있나?

. 처음-중간-끝이 기승전결 논리에 맞게 쓰여졌나?

. 개연성이 흐트러진 구간이 있지 않나?

. 주인공과 조연들은 각자 주어진 대로 역할하고 있나?

. 이야기의 치명적인 오류가 있진 않은가?

. 이야기의 장단점은 무엇인가?

POINT

퇴고하기

. 맞춤법 검사는 하였는가?

. 등장인물들은 주어진 역할을 수행하는가? 설정된 역할 외에 다른 것을 수행하지는 않았는가?

. 스토리가 로그라인, 기획의도, 시놉시스와 일치하는가?

. 치명적인 오류를 수습하였는가? 그것 역시 개연성이 있는가?

. 묘사 부분이 너무 늘어지거나 짤막하지는 않았는가? 독자에게 충분히 감정을 전달할 만 한가?

. 이야기의 시작과 결말에서 식상한 표현이 나오지는 않았는가?

. 나는 몇 번까지 퇴고할 예정인가?

에필로그

소설을 쓰는 야매 작법서라고 했지만, 실은 소설가들만 알고 있는 노하우를 전수했다. 나는 소설의 '소' 자도 모르고 소설책에 별 흥미도 없던 평범한 사람에 불과했다. 무턱대고 소설을 쓰기는 했지만 '진짜' 소설가가 되려면 본격적인 공부를 해야겠다는 마음을 먹었다.

지금은 매년 몇 편씩의 소설을 만드는 스토리텔러가 되었다. 물론 야매로 익힌 스킬이지만. 비록 야매 스킬이라도 소설을 처음 쓰는 이들에게는 소중한 기회를 주는 도구가 되었으면 한다. 내 소설이 대중들을 사로잡는, 기깔나게 신묘한 작품이 되는 날까지. 여러분의 도전이 멈추지 않기를 기대한다.

더불어 소설 쓰기 클래스를 진행할 수 있도록 도와주신 커피문고, 빈칸놀이터 책방에도 감사의 말씀을 드린다.

참고문헌

본 도서의 참고문헌들의 목록입니다.

1. 밀란 쿤데라, 권오룡 역, 『소설의 기술』, 민음사, 2013

2. 아리스토텔레스, 박문재 역, 『시학』, 현대지성, 2021

3. 로버트 맥키, 『STORY 시나리오 어떻게 쓸 것인가』, 민음인, 2002

4. 로널드 B. 토비아스, 『인간의 마음을 사로잡는 스무가지 플롯』, 풀빛, 2007

5. 김한식, 「소설의 결말에 대한 해석학적 연구」, 『성곡논총』, 성곡언론문화재단, 1999

6. 방현석, 『이야기를 완성하는 서사패턴 959』, 아시아, 2013

7. 이상진, 정용준, 『소설창작론』, 한국방송통신대학교출판문화원, 2023

8. D. 하워드, E.마블리, 『시나리오 가이드』, 한겨레신문사, 2020

9. 심산, 『한국형 시나리오 쓰기』. 해냄출판사, 2020

알면 알수록 실전에서 유용한 ; 야매소설 작법서

발행일 2022년 9월 23일 초판 1쇄
2023년 9월 16일 청년의 날 개정판 1쇄

지은이 / 양단우
펴낸곳 / 디디북스 (디디컴퍼니)
디자인 / 박현준
마케팅 / 김동혁
자문 / 닷텍스트
출판등록 제2021-000112호
ISBN 979-11-978198-2-7(03810)
전자우편 didicompany.kr@gmail.com
인스타그램 @didi_company_books (디디북스)
            @didi_kim_ (작가)
홈페이지 https://litt.ly/didibooks

* 잘못된 책은 바꾸어 드립니다.
* 값은 뒤표지에 있습니다.
* 이 책의 본문은 KoPub돋움체 및 바탕체를 사용했습니다.